Dieses Buch gehört

MIX
Papier aus verantwortungsvollen Quellen
FSC® C020056
FSC
www.fsc.org

ISBN 978-3-649-63593-2

Hafenweg 30, 48155 Münster, Germany
Grafische Gestaltung: Thomas Wolters, Internetlitho
Redaktion: Anna Louisa Duckwitz
Hintergrundmuster: shutterstock.com

www.coppenrath.de

Anna Kirsch

Pinguin allein zu Haus

24 eiskalte Krimis

Illustrationen von Johanna Ries

COPPENRATH

Inhalt

ATLAS

Liebe Leserin, lieber Leser,

haben Sie es sich gerade mit einer Tasse Tee am Adventskranz gemütlich gemacht? Schön!
Sind Sie sicher, dass sich in ihrem Tee kein Gift befindet? Ganz sicher? Wie können Sie sich da so sicher sein …?

In den vergangenen Jahren habe ich 96 Mini-Krimis geschrieben. Immer wieder fragen mich die Leute, woher ich meine Ideen und all die kriminelle Energie nehme. Die Antwort ist: Schauen Sie sich doch mal um! Mir passieren jeden Tag unzählige Sachen, aus denen sich kleine wie größere Verbrechen stricken ließen.
Vielleicht kennen Sie die kriminellen Möglichkeiten des Alltags schon oder lassen sich von mir auf den Geschmack bringen? In der Schlange an der Käse-Theke, beim Warten auf den Zug oder wie jetzt in der Weihnachtszeit beim Schmücken des Weihnachtsbaumes, mit der Familie beim Feiertagsschmaus oder beim Auspacken der Geschenke …

Ihnen fällt noch immer nichts Kriminelles ein?
Also mir schon …

Eine spannende Adventszeit wünscht Ihnen

Anna Kirsch

PLÄTZCHENDIEBSTAHL

1

EIN VERSCHNEITER WEG

2

Der Rest des Tages verging in eisigem Schweigen. Ulf schwor, dass er nie mehr den Weg streuen würde. Mochte er romantisch verschneien.
Und so sah Ulf am übernächsten Tag durchs Küchenfenster zu, wie Neuschnee auf den geräumten Weg fiel und diesen bedeckte. Und noch einen Tag später sah er Imke zu, wie sie sich auf den Weg nach draußen machte. Mit ausgebreiteten Armen stakste sie wackelig über den vereisten Weg, während sie ihm zurief: „Niemand muss dieses gefährliche, überflüssige Zeug streuen, wirklich niemand! Ich hab nie gewollt, dass" – und dann rief sie nichts mehr, denn sie schlidderte einige Meter nach vorn, und dann fiel sie rückwärts, und zwar auf den Hinterkopf.
Eine Woche später flüsterte Ulf: „Sie hätte es so gewollt", während er den Gehweg und die Einfahrt streute.
Ja, das hätte sie so gewollt. Es belastete das Grundwasser nicht, es kostete kein Geld, und auch für die zarten Pfoten der Hunde und Katzen war Imkes Asche einfach ideal.

Am Morgen hatte es heftig geschneit, das erste Mal in diesem Winter, und Ulf war sehr zufrieden mit sich. Er hatte den Weg zum Haus frei geschippt und vorsorglich gestreut, mit dem Streusalz, das er extra im Baumarkt besorgt hatte. Dafür hatte er sich am ersten Adventswochenende in den Stau begeben und stundenlang an der Kasse gestanden, weil alle Leute auf den letzten Drücker Adventskränze und Streusalz besorgen wollten. Imke würde beeindruckt sein!
Er hörte ihren Wagen in der Einfahrt – der schneefreien, sauber geräumten und gestreuten Einfahrt, und dann kam sie zur Haustür herein und gab ihm keinen Kuss. Stattdessen machte sie ein Gesicht, als sei ihr ein Rentier ins Auto gelaufen. Mindestens. „Bist du denn des Wahnsinns?“, kreischte sie.
„Was ist passiert?“, fragte er erstaunt.
„Du hast gestreut!“, brüllte sie. „Vor unserem Haus!“
„Aber ...“, versuchte er sich zu verteidigen.
„Streusalz!“, schrie sie. „Das ist nur für Leute, die zu faul zum Schneeschippen sind!“
„Nein, ich habe ja vorher ge-“, versuchte er sich zu verteidigen, aber sie ließ ihn gar nicht zu Wort kommen.
„Und denkst du gar nicht an die Umwelt? Das Zeug sickert ins Grundwasser! Und es ist ganz schlecht für die zarten Pfoten von Hunden und Katzen! Denkst du daran nicht? Und es kostet Geld! Daran denkst du auch nicht! Nie denkst du an etwas!“
Ulf flüsterte: „Aber aus Sicherheitsgründen...“, doch sie schnitt ihm das Wort ab.
„So ein bisschen Schnee auf dem Weg hat noch niemandem geschadet! Wir sind doch nicht aus Zucker!“

DER BÖSE BRUDER

NIE MEHR BERGE

Rache, dachte Lenni. Es gab Dinge, die durften einfach nicht ungesühnt bleiben. Auge um Auge, Zahn um Zahn. Dass sein Bruder ihn hasste, war ihm schon vorher klar gewesen, aber jetzt – er würde ihm niemals verzeihen können. Nie!

Mit Tränen in den Augen starrte er auf das Ausmaß der Zerstörung. Leon hatte alle Schienen seiner nagelneuen Holzeisenbahn angemalt, mit einem Filzstift! Genauer gesagt, mit zwei Filzstiften, gelbe Sterne und grüne Tannenbäume hatte er gemalt, auf die Schienen und darunter, und auf die Brücke hatte er „Leon" geschrieben. Das „e" war sogar falsch herum, Leon war so blöd, so unglaublich blöd! Und die Schienen waren hin, sie sahen jetzt total doof aus, kleinkindermäßig mit diesem Gekritzel und überdies markiert mit dem Namen, dem falsch geschriebenen Namen seines saudoofen Bruders. Dabei waren es seine Schienen! Seine, Lennis! Und er würde nie seinen Namen darauf schreiben, vor allem nicht mit kindischem Filzstift und erst recht nicht mit einem falschen „e". Oh, Lenni war so sauer! Und er trauerte um seine Holzeisenbahn, mit der er nie mehr spielen würde.

Das musste gerächt werden, ein solches Verbrechen durfte nicht ungesühnt bleiben, da war jedes Mittel recht. Und „Auge um Auge, Zahn um Zahn" war auch nicht die richtige Maßnahme, was für ein Schwachsinn – das würde ja bedeuten, dass er jetzt auch Leons Eisenbahn mit Filzstift bemalen würde, dabei hatte Leon gar keine Holzeisenbahn, Leon spielte gar nicht mit der Eisenbahn! Leon spielte nur Fußball, aber jetzt, im Winter, nicht. Und ehe er jetzt selbst so kindisch wurde und irgendwelche Sachen mit Filzstift bekritzelte ... Nein. Das würde Leon auch vollkommen egal sein, da war sich Lenni sicher. Das war ja das Schlimme, dass man Leon so gar nicht aus der Ruhe bringen konnte. Deswegen musste er zum Äußersten greifen.

Kopf ab, dachte Lenni. Erst erschrak er vor dem, was er da gedacht hatte, aber dann begriff er, dass es nicht anders ging. Sicher, Mama

und Papa würden ganz schön schimpfen, aber ... Irgendwie musste er sich ja auch wehren. Es war nur fair. Er konnte schließlich nichts dafür, dass Leon keine Holzeisenbahn hatte, deren Verlust er beweinen würde, das war doch nicht seine Schuld!
Dann stieg er in den Keller und holte den Spaten. Zum Glück merkte Mama nichts, die stand in der Küche und kochte. Und Leon? Von dem war nichts zu sehen. Vermutlich war er draußen. Den Spaten fest umklammert, zog Lenni seine Stiefel an und schlich in den Garten. Und sah ihn. Sollte er wirklich? Lenni dachte an die geschändete Holzeisenbahn, und erneut schossen ihm die Tränen in die Augen.
Und darum hob er den Spaten und schlug zu. Es waren ein paar kräftige Hiebe, Lenni geriet ins Schwitzen, bis der Kopf wirklich ab war, und selbst als dieser endlich neben dem zusammengesunkenen Körper lag, konnte Lenni nicht aufhören, mit dem Spaten zuzuschlagen, immer wieder. Oh, das tat gut! Nie mehr würde Leon sich an seinen Spielsachen vergreifen, nie mehr würde er ihn ärgern ... Ein lautes Geschrei hinter ihm unterbrach seinen Racherausch.
„Oh nein“, schrie Leon. „Was hast du mit meinem schönen Schneemann gemacht?“

3

4

Die Bayern wurden nämlich im Winter vollkommen verrückt. Statt sich an den Kamin zu setzen und zu stricken oder Kataloge mit Saatgut durchzublättern, gingen die raus. Langlauf, Abfahrtsski, Snowboard. Das war der Hilla gar nicht so klar gewesen, wie das dann ausartete. Als sie ihn im Dezember besucht hatte, begriff sie erst, was bei den Bayern abging. Dass man den ganzen Tag in der Kälte war, dick eingecremt mit Sonnenmilch gegen die Sonne und Fettcreme gegen die Kälte und gepolstert wie wer weiß was, und dass man sich bewegen musste. Einen Tag hatte sie das mitgemacht, dann hatte sie sich in die Hütte verzogen und ihr Strickzeug hervorgeholt. Und der Hansi hatte draußen weitergemacht mit Skifahren und Wedeln und war dann glücklich und zufrieden und verschwitzt zurückgekommen. Und statt sich gemütlich zur Hilla zu setzen, hatte er geduscht und sich zum Après-Ski fertig gemacht. „Du gehst da nicht hin!", hatte sie gerufen. Er hatte entgegnet: „Das gehört bei uns aber dazu, davon verstehst du nichts!" Après-Ski, und als er dann ein bisschen zu viel gewedelt hatte, hatte die Hilla kurzen Prozess gemacht und ihm einen kleinen Schubs gegeben, bis er nicht mehr wedeln konnte. Darum saß sie jetzt im Gefängnis. Aber da war es immer noch besser als in den Bergen.

Romantische Verbindungen zwischen Norddeutschen und Bayern waren vom lieben Gott nicht vorgesehen, das wusste Hilla. Und das lag am Schnee. Man war da einfach nicht kompatibel. Man war zu verschieden sozialisiert. Man hatte einfach zu unterschiedliche Interessen in Bezug auf, ja, Schnee und derlei. Hilla kam von der Küste. Wenn an der Küste Winter war, dann wusste sie, was sie zu tun hatte. Dann verzog sie sich wie alle anderen normalen Menschen an den Kamin und strickte. Und dazu trank sie Tee. Und so verbrachte sie dann den ganzen Winter, wenn sie nicht gerade einkaufen oder arbeiten musste. Sie saß da schön am Kamin, neben sich ein Tablett mit der Teekanne auf dem Stövchen und Keksen und Kluntje und manchmal noch einem Rätselheft, aber meistens hatte sie nur ihren Korb mit der Wolle und den Stricknadeln. Und draußen zog es und es pfiff und es rüttelte an den Fensterläden, aber das war okay, weil Hilla drinnen am Kamin saß und das tat, was normale Menschen eben taten. Und dann war alles gut und schön, und irgendwann kam der Frühling und gut war.

Sie hatte vorher nicht gewusst, dass manche Menschen das anders machten. Aber dann hatte sie diese App ausprobiert und dummerweise einen falschen Radius eingegeben, und dann hatte sie den Salat und war jetzt mit einem Bayern zusammen. Mit dem Hansi. Ausgerechnet! Im Sommer war das schön gewesen. Sie hatten einander besucht und waren im Norden mit dem Kutter gefahren und am Strand gewesen, und im Süden bei ihm hatten sie im Biergarten gesessen und waren auf Berge gefahren mit der Seilbahn und da oben herumspaziert. Das hatte Hilla gut gefallen. Aber dann war der Winter gekommen. Da hatte sich der unüberwindbare Unterschied zwischen diesen beiden Menschenarten gezeigt. Erst war es nur ein Riss gewesen, der sich rasch verbreitert hatte zu einer Kluft, in die dann alles gestürzt war, sozusagen.

IM ICE MIT DEM WEIHNACHTSMANN
TEIL 1

5

Der Weihnachtsmann hob einen Finger und sagte: „Ich erfülle Wünsche!"
Na, das hätte sich Jörg ja denken können! Er betrachtete neugierig den großen braunen Sack auf dem Gepäcknetz und fragte: „Schaukelpferd? Puppe? Fahrrad? So was?"
Der Weihnachtsmann schüttelte den Kopf. „Nein, die von Erwachsenen."
„Das ist ja interessant. Und was sind da so Ihre Aufträge?"
Der Weihnachtsmann lächelte bedauernd. „Datenschutz, das verstehen Sie sicher ... Aber Sie können ja mal raten, was Erwachsene sich wünschen!"
Jörg runzelte die Stirn. Weihnachtswünsche von Erwachsenen? Was konnte das sein? Gewiss nicht die obligatorische Krawatte, die Karin ihm schenkte. „Cabrio?", riet er. „Swimmingpool?"
Der Weihnachtsmann hob die buschigen weißen Augenbrauen. „Sieht dieser Sack so aus, als wäre da ein Swimmingpool drin?"
Jörg musste lachen. „Oh, natürlich nicht", entgegnete er. „So konkret hatte ich mir das ehrlich gesagt nicht vorgestellt."
„Was hätten Sie selbst denn gern? Cabrio oder Swimmingpool? Ich frage nur aus Interesse, nicht dass Sie denken, ich beliefere Sie. Das hier ist kein Wunschzettel." Er lachte dröhnend. Jörg stockte. Tatsächlich besaß er sowohl Cabrio als auch Swimmingpool. Ihm fehlte also nichts zum Glück – theoretisch. Und praktisch? Er seufzte. Es lag an Karin. Wenn er doch bloß Karin ... Ein Neuanfang mit Marlene. Das war es, was er wollte. Und Cabrio und Swimmingpool behalten. Ach, das Leben war kompliziert! Die wunderbare, einfühlsame Marlene, die ihn bewunderte und wirklich liebte. Die er liebte. Marlene, die unablässig flehte, er möge Karin verlassen. Marlene, die nicht begriff, dass Karin ihn niemals ziehen lassen würde – nicht ohne dass er das halbe Cabrio und den halben Swimmingpool bei ihr lassen musste, und dazu war er nicht bereit. Karin sollte sterben. Das war Jörgs einziger Wunsch.

Jörg hatte mit allem gerechnet. Na ja, was heißt „mit allem" – er fuhr sonst nicht mit der Bahn, aber der Wagen war in der Werkstatt, also hatte ihm Karin einen Platz im Abteil gebucht. Er hatte keine wirkliche Vorstellung gehabt, was ihn erwartet. Aber bei einem 1.-Klasse-Ticket am 6. Dezember hatte er sich vorstellen können, dass es Schokonikoläuse auf den Plätzen gab. Auch Weihnachtsmusik hatte er nicht ausgeschlossen – wie gesagt, er kannte sich da nicht so aus. Er zwängte sich und seinen Koffer durch den schmalen Gang zum Abteil – als er die Tür öffnete, saß da der Weihnachtsmann. Die Coca-Cola-Version, also roter Anzug, viel weißer Fellbesatz, ein lustiger Rauschebart und glänzende Backen. Er winkte Jörg fröhlich zu. Würde er jetzt „Thank you for travelling with Deutsche Bahn" singen oder „Ho, ho, ho"? Nein, das tat er nicht, er starrte in das Laptop, was er vor sich aufgeklappt auf dem winzigen Tisch balancierte. Offenbar arbeitete der Weihnachtsmann. „Tag", sagte er knapp und hämmerte auf die Tastatur ein.
Er schien sehr beschäftigt.
„Äh, guten Tag", sagte Jörg und versuchte, seinen Koffer auf das Gepäcknetz zu hieven. Es gelang. Er setzte sich dem Weihnachtsmann gegenüber und versuchte, nicht zu neugierig zu gucken. Dieser Kerl sah verteufelt echt aus, aber was tat er da? Konnte man ihn wohl fragen?
„Moment", sagte der Weihnachtsmann und tippte. Dann nickte er zufrieden, klappte seinen Laptop zu und guckte Jörg an. „Privat oder geschäftlich?"
„Äh", entgegnete Jörg, dann sagte er: „Privat. Ich bin unterwegs zu meiner Mutter."
Der Weihnachtsmann nickte. „Verstehe. Nikolausbesuch."
„Gewissermaßen, ja", entgegnete Jörg und sah aus dem Fenster. Dann gab er sich einen Ruck. „Und wohin fahren Sie?"
„Geschäftsreise." Der Weihnachtsmann lächelte, und seine Backen wurden noch etwas röter. Über ihm im Gepäcknetz befand sich ein riesiger brauner Jutesack, vollgepackt bis oben hin und zugeschnürt.
„Was, äh, machen Sie denn genau?"

IM ICE MIT DEM WEIHNACHTSMANN
TEIL 2

6

Bedauernd schüttelte der Weihnachtsmann den Kopf. „Für heute bin ich schon ausgebucht."
„Dann morgen?"
Der Weihnachtsmann legte den Kopf schief. „Morgen – theoretisch ja, aber ob Sie da noch geschäftsfähig sind – also, ehrlich gesagt, hat Ihre Gattin mich gebucht."
Jörg blieb fast das Herz stehen. „Wie meinen Sie das?"
Der Weihnachtsmann sah ihn erstaunt an. „Karin. Sie sind doch Jörg? Na, dann sitze ich ja im richtigen Abteil, ich dachte schon! Sie hat unsere Plätze extra im selben Abteil gebucht." Er lachte. „War nett, mit Ihnen zu plaudern! So, dann wollen wir mal anfangen."
Und er öffnete seinen Sack, um das passende Werkzeug zu entnehmen und seinen Auftrag zu erfüllen.

Der Weihnachtsmann sagte: „Haben Sie keine Wünsche?“
„Doch, aber die sind sehr privat.“
„Verschwiegenheit ist in meiner Branche oberstes Gebot“, versicherte der Weihnachtsmann.
„Na dann“, seufzte Jörg, und ohne dass er darüber nachdachte, drängten die Worte aus ihm heraus: „Wenn ich einen Wunsch frei hätte, wäre das ein Auftragsmord. So, dass es niemals jemand erfährt. Aber dafür sind Sie wohl nicht zuständig.“
Der Weihnachtsmann zwinkerte. „Tatsächlich ist das meine Spezialität! Ich bin Auftragskiller.“ Er reichte ihm eine Karte.
Ungläubig starrte Jörg darauf. Da stand nichts als eine Handynummer. „Ich dachte, Sie sind der Weihnachtsmann.“
Der Auftragskiller-Weihnachtsmann lachte. „Nein, das ist nur für heute die unauffälligste Verkleidung. Sie wissen ja – meine Auftraggeber wünschen zuverlässige Ergebnisse, ohne erwischt zu werden.“
Jörg schluckte. Er sah auf die Karte, und plötzlich schien alles, was er sich wünschte, in greifbare Nähe gerückt. Eine Zukunft mit Marlene – und dem ganzen Pool – und dem ganzen Cabrio. Er fragte: „Was kostet das denn?“
„Ein Auftragsmord? Da sind Sie mit 10.000 dabei, zuzüglich Fahrtkosten. Ohne Mehrwertsteuer!“ Er lachte.
10.000 war ein absolutes Schnäppchen, fand Jörg. Er konnte es kaum fassen. Allein die Anwaltskosten, die er sparen würde ... Mit ganz neuen Augen betrachtete er den Weihnachtsmann. Er war groß, kräftig, vertrauenerweckend. Jörg war sicher, er würde seinen Job ausgezeichnet machen. Dann glitt sein Blick zu dem Sack. „Und was haben Sie darin?“
„Na, mein Werkzeug! Waffen, Putzmittel, was man so braucht.“
Jörg war überzeugt. „Dann würde ich sehr gern Ihre Dienste in Anspruch nehmen. Diskret, versteht sich. Also, kann ich Sie einfach so buchen?“

FAMILIE MORMANN SCHREIBT WEIHNACHTSPOST

7

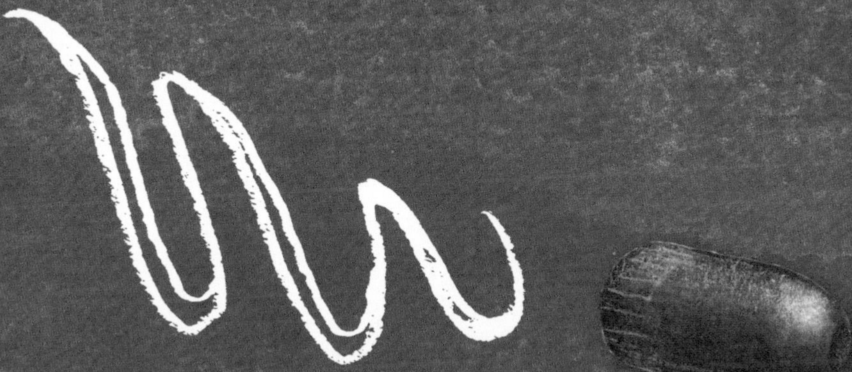

„Wir schicken denen trotzdem Karten, auch wenn sie selbst uns noch nie eine geschickt haben.“ Sie blickt auf der Suche nach Zustimmung in die Runde, und drei eifrige Kindergesichter nicken. Mama lächelt. „Die können ja nichts dafür. Bei denen herrscht eine entsetzliche Unruhe, ständig müssen die Kinder zu Handballspielen gefahren werden, wollen shoppen und sonst etwas! Bin ich froh, dass wir die Sonntage so gemütlich und besinnlich haben. Du auch?“
„Aber ja!“, sagt Papa und drückt ihr einen Kuss auf den goldenen Scheitel. Mama nickt zufrieden. „Nimmst du den Kindern den Knebel aus dem Mund und bindest sie los? Dann haben sie sich jetzt Kakao und Plätzchen verdient, würde ich sagen. Ach, ist das ein schönes Gefühl, dass wir die Weihnachtspost wieder so zügig und besinnlich erledigt haben!“

Es sind dieses Jahr wirklich besonders hübsche Karten, die Mama ausgesucht hat! Großformatige Doppelkarten aus dickem, edlem Papier, auf denen weißgoldene Hirsche einen Schlitten über eine verschneite Winterlandschaft ziehen.
Mama hat eine Liste angefertigt, wem sie alles schreiben: Tante Gisela, Tante Liselotte, den zahlreichen Cousins und Cousinen sowie allen früheren Lehrern von Max, Leon und Theres. Die Kinder geben sich diesmal besondere Mühe, mit Schönschrift schreiben sie.
Dazu schmettert der CD-Player in der Küche Tschaikowskis Nussknacker.
„Ach, ist das schön, wenn wir alle zusammen Weihnachtskarten schreiben!", ruft Mama. Max nickt, konzentriert verziert er die i-Punkte auf dem Umschlag an Wilhelmine Winterfuhr mit goldenen Kringeln. Gerührt schiebt Mama sich einen Zimtstern in den Mund.
In den Boxen haucht die Zuckerfee ihr Leben aus, oder tut sie das nicht? Jedenfalls verstummt die Musik.
„Noch einmal?", fragt Papa. Die Kinder strahlen und nicken begeistert. Gerade als die ersten Töne der Ouvertüre einsetzen, klingelt das Telefon und zerschneidet die heilige Stimmung. Alle erstarren, nur Mama lächelt beruhigend. „Ich mach es kurz", flüstert sie, dreht die Musik aus, sie streicht Theres über den über die Karten gesenkten Blondschopf und greift nach dem Telefon. „Mormann?", meldet sie sich, dann hellt sich ihre Miene auf. „Ach, du bist es, Schwesterherz! – Gut geht's uns. Du, aber wir schreiben gerade Weihnachtskarten, darum – Ja, das machen wir immer an zweiten Adventssonntag, weißt du doch. – Nein, das ist kein Problem, die Kinder freuen sich immer schon. - Wir haben uns Kakao dazu gemacht und hören Tschaikowski. Also bis dann, tschüsschen!"
Sie legt auf, runzelt die Stirn und nimmt den goldenen Glitzerstift zur Hand. Wem wollte sie – ach ja, Liselotte. „Liebe Tante Lieselotte", schreibt sie, „wie immer schicken wir dir die allerherzlichsten Weihnachtswünsche! Gerade genießen wir einen ruhigen und besinnlichen 2. Adventssonntag bei Kakao und Plätzchen."
Dann setzt sie den Stift ab.

PENDLERVERKEHR

8

„Schlimm, schlimm", sagte der Zeitungsmann.
Die Leberwurstfrau wühlte in ihrem Rucksack und zog ein gekochtes Ei hervor, das sie umständlich zu pellen begann. Splitter davon landeten in Gabrieles Wollpullover. Fassungslos starrte sie darauf.
„Wie lang das wohl dauern wird?", fragte der Zeitungsmann.
„Na, bis das Unfallopfer behandelt ist", sagte Gabriele. Dieses „Unfallopfer" hatte Gabriele eben auf der langen Rolltreppe so lange mit seinen vollen Einkaufstüten in Bauch und Knie gepikst, bis Gabriele es hinuntergestoßen hatte.
In diesem Gedränge konnte man ja so schnell stolpern!
Nachdenklich betrachtete Gabriele die Eierschalensplitter auf ihrem Wollpullover, dann sah sie die Leberwurstfrau an, die in ihr Ei biss.
Sie seufzte. Es lag in ihr beider Interesse, dass der Zug schnell losfahren würde.

Heute war es am Bahnhof noch viel voller als sonst. Und im Zug erst! Gabriele seufzte und wickelte sich den Schal vom Hals. Es war ohnehin anstrengend, mit der Bahn zur Arbeit zu pendeln. Im Winter, wenn alle ihre dicken Anoraks und Schals und Mützen dabeihatten, war es noch härter. Außerdem führten Schnee und Eis dazu, dass viele Leute ihre Autos entgegen der Gewohnheiten in der Garage ließen. Und zu den Pendlern und den Schneeängstlichen kamen dann noch die Menschen, die plötzlich ebenfalls Bahn fuhren, weil sie Weihnachtseinkäufe zu erledigen hatten.
Und jetzt standen sie. Der Zug fuhr einfach nicht los.
Der dicke Mann neben Gabriele breitete seine Zeitung aus und stieß ihr dabei seinen Ellenbogen in die Rippen, sie stöhnte auf, aber das hörte niemand. Es knackte in den Lautsprechern, aber es kam keine Durchsage.
Dafür packte die Frau von gegenüber eine Butterbrotdose aus dem Rucksack und öffnete sie. Ein durchdringender Geruch nach Leberwurst breitete sich im Abteil aus.
Gabriele versuchte, die Luft anzuhalten. Die Mitreisenden machten sie einfach wahnsinnig! Es war nicht zum Aushalten, immer aufs Neue, jeden Tag, und im Winter war es schlimmer als sonst. Sie seufzte.
„Geht es Ihnen gut?“, fragte die Frau von gegenüber und biss in ihr Leberwurstbrot.
„Geht so“, sagte Gabriele ehrlich.
Der Mann, der neben ihr saß, ließ seine Zeitung sinken.
„Wann fährt der Zug denn wieder?“, fragte er ungeduldig.
„Keine Ahnung“, entgegnete Gabriele.
Es knackte erneut im Lautsprecher. Dann ertönte die Stimme des Zugführers. „Wegen eines Notarzteinsatzes wird sich die Weiterfahrt, um, äh ...“ Dann knackte es erneut und die Durchsage verstummte.
„Na, so etwas“, sagte die Frau und schluckte den letzten Rest Leberwurstbrot herunter. „Schon wieder ein Unfall.“

INGWERTEE FÜR DAS SCHLOSSGESPENST

9

Maria überprüfte ihr Lächeln und trat dann mutig ins Zimmer.
Ins Krankenzimmer. Hier lag nämlich Paul und pflegte seinen Männerschnupfen.
„Wa-rum-krieg-ich-kein-Was-ser?“, brachte er mit letzter Kraft heraus, dann erstarb seine Stimme und er schloss ermattet die Augen.
Sie betrachtete ihn und seufzte.
„Das letzte Wasserglas hast du nach mir geworfen“, erinnerte sie ihn, und blitzschnell schlug er die Augen auf. Die Energie, mit der er ihr tödliche Blicke zuwarf, überraschte sie. „Das war medium!“, beklagte er sich. „Das reizt meine wunde Kehle!“
Sie betrachtete seinen Nachttisch. Da standen Multi-Vitaminsaft, stärkender Rotbäckchensaft, frischer Ingwertee, eisgekühltes Leitungswasser und schleimlösender Thymiantee, alles Getränke, nach denen er in der letzten Stunde verlangt hatte.
Paul schloss gequält die Augen. „Mörderin!“, hauchte er. „Du willst, dass ich verdurste!“
„Nein“, entgegnete Maria.
„Was sagst du?“, röhrte er. „Ich kann dich nicht verstehen, ich glaube, die Viren sind längst auf meine Ohren übergegangen.“
Sie sah ihn an. Wohlgenährt und prall voll mit Flüssigkeit dank Hühnerbrühe, frisch gepresstem Orangensaft und Tee lag er da. Sein Kopf war knallrot, aber das war er immer, wenn er brüllte. Es würde mehrere Tage dauern, ehe er verdurstet war, da war sie sicher.
Erneut stöhnte Paul auf, dann schloss er in stummer Qual die Augen.
„Und es ist der erste Tag“, flüsterte er. „So eine Grippe dauert eine ganze Woche!“
Der Schreck fuhr ihr in die Glieder, und sie begriff, was sie tun musste.
Sie nahm ein Kissen in die Hand.
„Vielleicht“, sagte sie, „wäre es das Beste für uns beide, wenn ich dich dann von deinen Qualen erlöse ...“

Es war kaum zu hören, ein Hauchen nur, aber ganz unverkennbar konnte man die Worte verstehen: „Rette mich", flüsterte da jemand im hinteren Teil des Hauses. Aber vielleicht hatte sie sich auch verhört, beschloss Maria. Sie lächelte ihrem Spiegelbild aufmunternd zu, summte ein kleines Liedchen und ging dann in die Küche, um vom Plätzchenteller, der eigentlich für den Nachmittagstee gedacht war, ein Butterplätzchen zu stibitzen.

Im Nachbarzimmer hatte jemand seine ganze Kraft zusammengenommen und aus dem Hauchen eine Art Gebrüll gemacht.

Maria runzelte die Stirn, dann trat sie an das Küchenradio und drehte es auf. „Stille Nacht", gesungen vom Knabenchor Bamberg, herrlich war das! Leise summte sie mit, dann öffnete sie die Schranktür und inspizierte die Zutaten. Heute Abend sollte es Hackbällchen geben, orientalisch gewürzt nach Art der Heiligen Drei Könige, herrlich! Sie freute sich schon darauf, nachher das Blech mit den duftenden Kugeln aus dem Backofen zu ziehen. Diese Vorfreude würde sie sich nicht nehmen lassen, nur weil im Nebenzimmer jemand verendete. Sie zog die Dose mit den Backzutaten heraus. Korinthen – halt, das waren gestiftete Mandeln, brauchte sie nicht.

Da polterte etwas gegen die Wand, offenbar warf im Nachbarzimmer jemand mit Gegenständen. Und man hörte ganz deutlich, wie jemand schrie. Und was jemand schrie. Nämlich: „ICH STERBE!", und zwar in voller Lautstärke.

Maria schüttelte unwillig den Kopf, dann ließ sie die Korinthen Korinthen sein und trat in den Flur.

Aus dem Schlafzimmer klang ein Geräusch, als knurrte dort ein Höllenhund. Oder als rasselte dort ein mordlüsternes Schlossgespenst mit seinen rostigen Ketten.

„Wasser!", röhrte es durch die fest geschlossene Tür. Es klang, als verdurstete nicht nur ein einzelner Schiffbrüchiger, sondern eine halbe Mannschaft.

DER EINBRECHER

10

Und dann flutete Helligkeit den Raum, und Hans schrie vor Schreck auf und fuhr herum.
Da stand jemand in der Tür und sah ihn an.
„Hans!“, rief der Jemand ungläubig. „Was machst denn du hier?“
Es war eine ältere Frau, und sie starrte auf das Messer in seiner Hand.
„Hallo, Oma“, sagte er kläglich.
„Warum bist du nicht mit den anderen in der Kirche?“, fragte sie.
Er antwortete nicht, sondern sah zum Küchentisch. Da stand er, zugedeckt mit Alufolie.
Oma sah das Messer in seiner Hand, sie folgte seinem Blick und begriff.
„Du willst doch nicht schon wieder – Hans, der Quarkstollen wird erst nach dem Abendessen angeschnitten! Wie oft muss ich dir das denn noch sagen?“

Er stand vor dem Haus und sah hinein.
Hier draußen war es eiskalt. Drinnen, hinter den Sprossenfenstern, war es gewiss warm und gemütlich, er sah den hell erleuchteten Baum, der das Wohnzimmer erhellte. Hans zog sich die schwarze Strickmütze übers Gesicht. Er hatte vorher Löcher hineingeschnitten, durch die er jetzt hindurchschaute. An den Händen trug er Lederhandschuhe, sodass er keine Fingerabdrücke hinterlassen würde. Das Messer hatte er in die Tasche seiner schwarzen Lederjacke gesteckt, es war so scharf, dass er befürchtete, es würde das dünne Futter zerschneiden.
Es war nicht schwierig, das altersschwache Fenster zu öffnen. Eins stand auf Kipp, das war für Einbrecher nun wirklich eine Einladung.
Es war ein Kinderspiel, es zu öffnen! Hans zwängte die Hand durch das gekippte Fenster, erfasste den danebenliegenden Griff und schon war das Fenster offen. Sich am Fensterrahmen hochzuziehen war da schon schwieriger. Doch es gelang, und Hans stand auf der Fensterbank und ließ den Blick durch den festlich geschmückten Raum schweifen.
Geschenke stapelten sich unter dem leuchtenden Tannenbaum, der große Esstisch war gedeckt. Kein Zweifel, hier wurde Besuch erwartet.
Genau so sah ein Haus aus, während seine Bewohner in der Kirche saßen und „O du fröhliche" sangen. Bald würden sie zurückkommen.
Doch dann würde nichts mehr sein, wie es mal war.
Hans zog das Messer und wandte sich nach links. Dort befand sich die Küche. Bis hierhin reichte der Schein des Christbaums nicht, und er tastete sich vorsichtig voran.
Dabei stieß er mit der Hüfte an die Ecke eines Tisches, aber –
Ohrenbetäubendes Poltern. Himmel, irgendetwas war umgefallen, aber was? Sein Herz klopfte zum Zerspringen, und er lauschte mit angehaltenem Atem. Was, wenn jemand das Poltern gehört hatte?
Und dann ertönten Schritte im Flur, Schritte, die sich rasch näherten.
Hektisch sah er sich um, sein Blick flog von links nach rechts, ja, Verstecken war eine gute Idee, aber wo bloß, wo?

EINE WELTNEUHEIT

11

Er zögerte. „Warum wachsen sie im Gewächshaus? Wenn ich mich nicht irre, werden Tannen üblicherweise im Freiland aufgezogen."
Sie nickte. „Das stimmt. Aber ich möchte nicht, dass jemand sie sieht. Oder stiehlt. Außerdem ..." Sie zögerte. „Können Sie ein Geheimnis bewahren?"
Er nickte begeistert. „Klar!"
Sie ging zurück zum Eingang und drückte einen Knopf. Ein Gerumpel setzte ein, über ihren Köpfen. Jalousien. Eine Verdunklung, die sich über die gläsernen Wände senkte und den Tag ausknipste.
„Und nun?"
„Schließen Sie die Augen. Kurz nur, bitte!"
Gehorsam tat der Reporter, wie ihm geheißen wurde, dann öffnete er sie wieder und erstarrte. Die roten Spitzen der kleinen Weihnachtsbäume leuchteten im Dunkeln. „Das ist einfach un-glaub-lich, der Wahnsinn", staunte der Reporter. „Ich versteh ja nichts von Pflanzen, aber ... Wahnsinn, echt!"
Marina nickte zufrieden. „Ja, das denke ich auch."
„Sie werden reich werden! Wenn Sie erst diese Bäume in großem Stil ..."
Marina legte den Kopf schief. „Genau das ist das Problem", räumte sie ein, „das Substrat, auf dem sie wachsen, ist leider begrenzt." Aber der Reporter hörte sie gar nicht, er hatte seine Kamera gezogen und fotografierte wie irre, obwohl sie es verboten hatte. So wie alle. So wie die vor ihm.
Neugierige Reporter würden Marina nicht ausgehen.
Und das war gut, denn wie gesagt: Das Substrat war sehr begrenzt.

Marina warf noch einen letzten Blick in den Spiegel und zog den Lippenstift nach. Da! Es klingelte! Sie öffnete die Tür. Davor stand ein Mann mit einer schweren Kameratasche über der Schulter und einem Block in der Hand. „Sind Sie Frau Sauer?"
„Ja!"
„Wollen wir vielleicht gleich zum Ort des Geschehens?" Er warf einen Blick auf das Gewächshaus.
Marina zog ihre schicken gepunkteten Gummistiefel an und folgte ihm. Der Reporter redete ohne Punkt und Komma. „Als ich von Ihrer Erfindung gehört habe, konnte ich das kaum glauben. Umso gespannter bin ich. Und vor allem freu ich mich, dass unser Sender darüber berichten darf… Gute Story für mich, vor allem in der Vorweihnachtszeit!" Er lachte.
„Erfunden ist das falsche Wort", sagte Marina. „Man kann ja Pflanzen nicht einfach so erfinden. Es geht mehr um die Anzuchtbedingungen."
„Anzuchtbedingungen", sagte er und sah sie aufmerksam an, den Stift im Anschlag. „Also besondere Erde?", fragte er. „Dünger? Hanglage?"
Sie legte den Kopf schief. „Wollen wir erst mal nachgucken?"
Er nickte. „Klar! Oh Mann, bin ich gespannt!"
Sie betraten das Gewächshaus. Und da sah er sie, lauter winzige Tannen, kaum kniehoch. Sie sahen aus wie ganz normale Weihnachtsbäume, in einem satten Dunkelgrün. Wäre da nicht die Besonderheit. Die Spitzen.
„Unglaublich!", flüsterte er ergriffen.
Die Spitzen leuchteten in tiefstem Rot.
Er näherte sich den Bäumchen, ging in die Knie. „Darf ich ein Foto machen?"
Sie schüttelte den Kopf. „Nein, noch nicht. Erst in etwa fünf Jahren, wenn sie ausgewachsen sind."
„Dann werden sie verkauft?"
Sie nickte.

RUDIS ROTE NASE

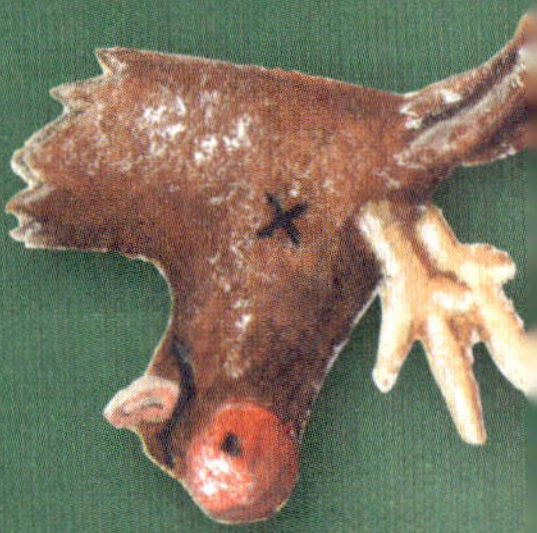

12

Er seufzte hinter der Zeitung auf und ließ sie sinken. „Ich muss etwas sehen, so einfach ist das. Bei Kerzenlicht sehe ich nichts. Und bei der kleinen Funzel, die du immer anmachst, auch nicht."
Sie schüttelte den Kopf. „Aber es ist gemütlich."
Er stand auf. „Aber ich sehe nichts!", schrie er, und dann nahm er seine Zeitung und verließ das Wohnzimmer, sie hörte die Wohnungstür schlagen und hatte das dumme Gefühl, im Unrecht zu sein. Und sie begriff, dass das so weitergehen würde, Jahr um Jahr und Tag um Tag.
Also ging sie ins Badezimmer, zog den Gürtel aus ihrem seidenen Morgenmantel und knüpfte daraus eine Schlinge. Dann trat sie ins Treppenhaus, um auf die Rückkehr ihres Mannes zu warten. Es wäre zu dämlich, ihn in der eigenen Wohnung zu ermorden, dann fiele der Verdacht ja sofort auf sie. Es dauerte nicht – da war er schon! Es war ein Leichtes, ihm von hinten das Lasso überzuwerfen und fest zuzuziehen. Rudi ging zu Boden, er röchelte, er strampelte, er strampelte mehr, und dann hörte er auf zu strampeln und war tot. Und sie stieß erleichtert den Atem aus. Puh, war das einfach gewesen!
Sie löste den Gürtel von Rudis Hals und betrachtete mit leiser Wehmut das Gesicht ihres Mannes. Rot stach seine Nase hervor. Sie war röter und länger als je zuvor. Sie war so rot und lang, dass sie sich fragte, warum ihr das vorher nicht aufgefallen war. Eine Nase, die so markant war, ein wirkliches Erkennungsmerkmal, dass sie eigentlich unübersehbar war. Eine Nase, die sie noch nie zuvor gesehen hatte. Eine Nase, die Rudi vorher nicht gehabt hatte. Und die folglich bedeutete, dass der Mann vor ihr auf dem Boden nicht Rudi war. Konnte es sein, dass sie den Falschen erwischt hatte? Es war ja auch sehr dämmrig gewesen.
Hastig schaltete Ilse alle Lampen an, denn fürs Spurenverwischen sollte ihr kein Detail entgehen.

Oh, war er schön, der warme, heimelige Schein einer Kerze! Das machte Weihnachten aus, fand Ilsa. Das war gemütlich und freundlich und schön, ja, einfach schön. So musste es aussehen im Wohnzimmer, wenn man da saß und Kaffee trank und Plätzchen knabberte. Wenn man –

Und dann geschah es wieder. Ein gleißender Blitz, sie schloss geblendet die Augen, und alles Schöne und Warme und Weihnachtliche war weg, das Wohnzimmer war grell ausgeleuchtet wie ein Präparationssaal. Weil er da war. Er, ihr Mann. Rudi. Rudi mit seiner Alterssichtigkeit.

„Mach das Licht aus!", rief sie.

„Du siehst doch gar nichts!", rief er.

„Das stimmt nicht!"

Er kam auf sie zu, die Tageszeitung unter den Arm geklemmt, und blinzelte sie feindselig an. „Ich will doch nicht im Dunkeln sitzen. Und außerdem muss ich Zeitung lesen." Das war sein letztes Wort, er nahm Platz auf dem Sofa, raschelte mit der Zeitung, setzte seine Lesebrille auf und versank in der Lektüre, während sie fassungslos danebensaß und sich fragte, wie das weitergehen sollte.

So hatte sie sich die Rente nicht vorgestellt. Sie hatte von Spaziergängen geträumt und von Reisen, durchaus auch von gemeinsamem Zeitunglesen in aller Ruhe, tatsächlich aber war es so, dass sie jeden Morgen darüber stritten, ob es viel zu hell oder stockdunkel war, weil er alterssichtiger war als sie, das war der simple Grund. Und so etwas verdarb einem die Rente! Und die Ehe! Und den ganzen Tag, jeden einzelnen Tag!

Ilsa würde das nicht hinnehmen. Sie räusperte sich. „Es kann doch nicht sein, dass wir jeden Tag über Licht streiten", begann sie, sehr vernünftig und durchaus konstruktiv.

„Das müssen wir auch nicht", knurrte Rudi.

„Tun wir aber."

TELEFONGESPRÄCH

13

Wurzelballen hat. Nein, eine Hausfrau ist sie nicht. Aber ist ja nett, dass sie sich bemüht.
Er? Nein. Er ist ja nicht mehr auf dem Sofa. Wahrscheinlich ist er auf Klo. Ins Klo kann ich nicht gucken, leider. Hach, jetzt hat sie geguckt, nicht, dass die denkt, ich red über sie, ich muss mal … Huuuhu, Frau Schröder, huhu! …
Ach, jetzt hat die doch etwas blöd geguckt, ich glaube, die hat das Fernglas gesehen und jetzt ärgert sie sich wegen dem Wurzelballen, ist ja peinlich, so ein tiefes Loch umsonst gegraben, da will man nicht beobachtet – was war das?
Du, ich muss Schluss machen, es hat geklingelt! Das ist sicher die Nachbarin. Ich mach der mal auf.“

Sonst gibt es nichts Neues, Mama. Doch, warte – unsere Nachbarn von gegenüber, die haben sich endlich wieder vertragen.
Doch, wirklich! Find ich gut. Gerade zu Weihnachten. Und auch sonst, also für die ganze Nachbarschaft, ist das besser, die haben sich immer so angeschrien, manchmal dachte ich, die hauen sich noch tot!
Nee, jetzt ist es wunderbar. Ganz friedlich. Wie ausgewechselt, die beiden. Sie verwöhnt ihn jetzt die ganze Zeit, und er lässt es sich gut gehen. Nee wirklich, sie hat plötzlich die Hausfrau in sich entdeckt. Hab ich ja schon immer gesagt, dass das so nicht weitergeht, die hat nix gemacht außer Klavier gespielt und Klamotten bestellt und Filme geguckt, und wenn er dann abends kam, gab es Streit ... Aber jetzt ist sie wie neu, wirklich, jetzt packt sie endlich mal an. Er darf sich ausruhen, und sie putzt und scheuert das ganze Haus. Vermutlich bekommen sie Besuch zu Weihnachten, da strengt sie sich wohl mal an.
Er? Nein, wirklich nicht, er ruht sich aus. Das hat er auch verdient, der arme Mann. Was der immer alles mit sich hat ... Was? ... nein nein, liegt schön auf dem Sofa.
Sie schippt sogar Schnee! Heute Morgen hab ich das gesehen. Doch wirklich, wo die doch nie ... Hinter den Tannen hat sie angefangen, die Einfahrt hat sie gar nicht freigeschippt, aber ein ganz tiefes Loch hat die gegraben, ich dachte noch, was ...
Doch, wegen dem Tannenbaum. Natürlich! Die wird den Tannenbaum da eingraben, dann kann man den ja noch mal verwenden. Ja, die haben einen mit Wurzelballen. Deswegen. Denk ich mal. Hätt ich nicht gedacht, dass die daran ...
Was? Das weiß ich nicht, warte, ich guck mal –
Ach, stell dir vor, jetzt hat die das Loch wieder zugemacht. Dann haben die wohl doch keinen Wurzelballen. Das hat sie aber spät gemerkt, haha! Und er? Nee, der liegt nicht mehr auf dem Sofa. Komisch. Jetzt hat der tagelang auf dem Sofa ... Und sie macht den Schnee ganz glatt. Ist ihr sicher peinlich, dass sie nicht gemerkt hat, dass der Baum gar keinen

EDELSTEINE
TEIL 1

14

Bittermandel, es war sogar aus Bittermandel, zumindest glaubte Renate das – und dadurch war es wiederum so nah an der Weihnachtsbäckerei, dass die Polizei nicht auf die Idee kommen würde, dass das Ganze kein Unfall war, sondern ein teuflisch klug ersonnener Plan. Wenn in dem Teig, in dem erwiesenermaßen eine einzige echte Bittermandel steckte, größere Mengen an Blausäure steckten, dann würde das selbstverständlich zu Irritationen und Nachforschungen führen, aber Bittermandeln waren ein Naturprodukt, wer wusste schon, wie viel wovon worin steckte? Renate würde gar nicht verschweigen, dass sie eine echte Bittermandel in den Teig gerieben hatte.
Genial, oder?
Schon an dieser Stelle des Plans war Renate ausgesprochen zufrieden gewesen. Nur eines war noch zu klären gewesen, nämlich wie sie den Rest der Gesellschaft vor dem grausamen, aber immerhin schnellen Tod durch Blausäure schützen sollte. Schließlich wollte sie keinen Massenmord begehen.
Und dann war ihr das mit dem Stollen eingefallen.
Es gab bekanntermaßen kaum etwas, was so derart polarisierte wie Zitronat und Orangeat. Schon im Sommer hatte sie geschickt das Gespräch immer wieder darauf gelenkt und so eine Liste der Menschen erstellen können, die garantiert nichts anrühren würden, was Zitronat enthielt. In der Nachbarschaft war Zitronat einigermaßen beliebt, in der Verwandtschaft hingegen mochte es niemand außer Pascal, einer ihrer Cousins. Also galt es, ein Familientreffen abzuwarten, bei dem Pascal nicht erscheinen würde, und dorthin den Stollen mitzubringen. Das war die Lebensversicherung der Gäste – niemand von denen würde den vergifteten Stollen anrühren. Und für sie ein Vorgeschmack auf Juwelen und Pool und Champagner.

Sie glitzerten verheißungsvoll in sonnigem Gelb und sattem Orange. Und der Geruch, den sie verströmten! Es war der Geruch von Reichtum, von Luxus, von einem neuen Leben in Saus und Braus.
Renate konnte nicht widerstehen, sie wusste, dass es unhygienisch war, dennoch streckte sie die Hand nach den kostbaren Steinen aus und – und dann zerstob die Illusion sozusagen in einer Staubwolke aus Puderzucker, denn die Edelsteine klebten zuckrig an ihren Fingern, und sie wusste wieder, was es war. Und was sie tat.
Sie würfelte gerade Zitronat und Orangeat für einen Stollen. Und darum roch es auch gar nicht nach Reichtum, sondern nach bitteren, sirupgesättigten Zitronen und Orangen.
Aber wenn alles richtig lief, dann würde dieser Stollen sie zu einer reichen Frau machen, und dann war das Glück zum Greifen nah. Zuallererst würde sie in ein Juweliergeschäft gehen und sich ein wunderschönes Collier aussuchen. Ach, würde das schön werden!
Aber erst musste sie diesen Mord begehen. Den Mord mit Zitronat.
Renate bemühte sich, die klebrigen Fruchtwürfel von ihren Fingern zu bekommen, aber die Biester wollten nicht, also nahm sie den Messerrücken zur Hilfe.
Hatte sie gerade von Zitronat und Orangeat als „die Biester" gedacht? Das sollte sie nicht tun. Sie waren ihre besten Verbündeten in dem Plan, ihren Mann zu ermorden. Und dann die Lebensversicherung zu kassieren und sich mit nichts als Juwelen um den Hals in einen Hotel-Whirlpool zu legen und Champagner zu schlürfen.
Es war nämlich kompliziert.
Denn es reichte Renate nicht, Stefan zu vergiften, sie wollte selbstverständlich auch straffrei aus der Sache herausgehen. Also war es nicht ratsam, ihm am heimischen Mittagstisch das Gift zu verabreichen, das wäre ja viel zu auffällig. Nein, es musste in großer Runde geschehen! In der Öffentlichkeit, und zwar so, dass es theoretisch auch andere treffen könnte. Nur dann würde die Polizei keinen Verdacht schöpfen. Als Gift hatte Renate noch dazu Blausäure gewählt – das roch nach

EDELSTEINE

TEIL 2

15

„Prost, meine Liebe“, sagte er, als er ihr das Glas reichte.
„Wollen wir nicht zu den anderen?“, fragte sie erstaunt.
Er lächelte sie an. „Das hier ist nur für uns“, sagte er, und sie überkam beinahe etwas wie Rührung bei dem Gedanken, dass es das jetzt gewesen war mit ihm.
Sie nahm es, prostete ihm zu und trank. Und noch während sie schluckte, dachte sie: Was riecht denn hier so nach Bittermandel? Was –
Und dann war es schon zu spät. Sie lag auf dem Boden und ihr war gar nicht gut.
Das Letzte, was sie sah, war Stefans Gesicht, der sich zu ihr hinunterbeugte.
„Schön dumm von dir, dass du diese Lebensversicherung abgeschlossen hast“, hörte sie ihn noch flüstern. „Wenn der Ehegatte nach dreißig Jahren Ehe eine neue Lebensversicherung abschließt, sollte man eigentlich ...“
Dann hörte sie nichts mehr.

Eine Woche später war es so weit. Das Nikolausessen bei Tante Sigrun war Tradition. Seit jeher kam dort die ganze Sippe zusammen, und jeder brachte etwas mit. Renate hatte umständlich in Erfahrung gebracht, wer alles erscheinen würde – und da Pascal wegen einer Grippe fernbleiben musste, konnte das Ding starten.
Sicher, eigentlich musste Christstollen viel länger durchziehen – aber diesen würde ohnehin nur Stefan essen, und ehe er sich über irgendetwas beschweren konnte, würde er tot umfallen.
„Können wir los?", nörgelte Stefan und Renate nickte.
„Nimm die Blume für Tante Sigrun", erinnerte sie ihn. Die Blume, das war der rote Weihnachtsstern, den sie jedes Jahr verschenkte.
Während sie über verschneite Landstraßen fuhren, betrachtete sie ihren Ehemann verstohlen. Wie dumm von ihm, dass er diese Lebensversicherung abgeschlossen hatte! Eigentlich unglaublich, dass er sich nicht gewundert hatte, warum sie das plötzlich für nötig hielt. Wenn der Ehegatte nach dreißig Jahren Ehe eine neue Lebensversicherung abschließt, sollte man eigentlich misstrauisch werden.
„Was guckst du so?", fragte Stefan.
„Nichts, nichts", sagte Renate und sah zufrieden aus dem Fenster. Gut, dass Stefan so dumm war! Gut, dass er Zitronat mochte und niemand sonst! Gut, dass sie bald eine glückliche Witwe im Whirlpool sein würde!
Der Weg zu Tante Sigrun war nicht weit. „Endlich seid ihr da!", begrüßte Tante Sigrun sie. „Alle anderen warten schon – wir wollten gerade den Sekt aufmachen!"
Strahlend ging Renate voran ins Wohnzimmer. Ja, es waren genug Menschen versammelt, genau wie sie sich das gedacht hatte. Sie stellte den in Alufolie eingewickelten Stollen aufs Buffet.
„Was hast du denn Feines mitgebracht?", fragte ihre Schwägerin Marita.
„Heute habe ich mal einen Stollen mitgebracht", verriet Renate.
Marita verzog das Gesicht, und Renate beglückwünschte sich heimlich für ihren ausgetüftelten Plan. Wo blieb Stefan denn? Sie ging in die Küche, und da stand er und füllte die Gläser.

ALTENHEIM
DER KUSCHELTIERE

16

Linda nickte sehr stolz. „Und darum bin ich jetzt dabei und helfe denen. Die Waisenkinder freuen sich wie irre, sagt der Henrik, wenn die noch mehr antiallergische Sachen bekommen. Ich hab schon sechs gemacht. Und dann kommen die jungen Männer, die das abholen. Und die geben Spenden ab, richtig viel Geld spenden die, so viel ist denen das wert! Ich mach da inzwischen richtig Buchhaltung, damit der Henrik nicht den Überblick verliert."
„Versteh ich nicht", meldete sich Olga. „Warum bringen die dir Geld und bekommen dann den Pinguin? Ich dachte, der ist für die Waisenkinder."
Linda runzelte ärgerlich die Stirn. „So spendet man heute! Wer etwas Gutes tun möchte, bringt das Geld und darf dafür einen Pinguin im Waisenhaus vorbeibringen, so als symbolische Geste. Find ich ganz süß!"
„Aha, aha", sagte Olga. „Ist noch mehr Stachelbeerkuchen da?"
„Nein", bedauerte Margit. „Er war auch heute nicht so lecker."
„Der war aufgetaut", ärgerte sich Olga.
„Es ist ja gar nicht Saison", belehrte Linda. „Also. Ich hab dem Henrik schon gesagt, ich kann das auch allein machen mit der ganzen Verwaltung. Ich helfe doch so gern! Der Henrik ist jetzt auf Mallorca. Er hat gesagt, wenn ich so gut allein klarkomme, kann er sich mal ein bisschen erholen. Das ist auch besser für seine Allergie."
„Ich glaub ich hab auch Allergie", sagte Olga. „Bestimmt wegen dem aufgetauten Stachelbeerkuchen."
Linda strahlte. „Dann bring ich dir auch mal was von dem weißen Pulver für dein Kopfkissen mit!"

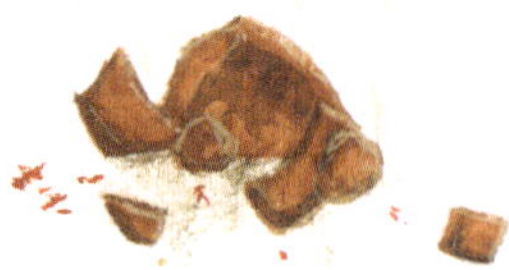

Diese Adventscafés im Seniorenheim waren zum Sterben langweilig! Alle redeten nur über ihre Enkel, und es war selten etwas Interessantes dabei.
„Und was gibt es bei dir Neues?“, erkundigte sich Margit höflich.
Linda strahlte. „Ich helfe jetzt dem Weihnachtsmann!“, erklärte sie stolz.
„Bitte was?“, fragte Annelise und schaltete ungläubig ihr Hörgerät aus und wieder an.
Linda kicherte. „Na, nicht direkt. Mein Enkel Hendrik holt mich ja immer am Montag, und ich mache ja da manchmal sauber. Der Hendrik kommt ja zu nichts, und ehe sich da die Unordnung zu sehr ausbreitet ... Und da hab ich diesen Plüschpinguin gefunden. Der war ganz ramponiert, den hatte der Henrik ganz schlecht zusammengenäht. Nähen kann er nicht. Aber das muss er auch nicht. Ist ja süß, dass er es versucht hat. Und da hab ich das für ihn geflickt, mit Kreuzstich. Und als der Henrik nach Hause kam, war er zuerst ganz empört, dass ich mich an den Pinguin gewagt habe. Er wollte auch gar nicht sagen, für wen der ist. Kinder hat er ja nicht. Aber dann hat er mir erklärt, dass er dem Weihnachtsmann hilft.“
Die anderen Omas sahen auf. „Warum näht denn der Henrik Plüschpinguine zusammen?“, wunderte sich Gertraud. „Versteh ich nicht.“
Olga pflichtete ihr bei. „Versteh ich auch nicht.“ Sie nahm sich vom Stachelbeerkuchen.
Linda hob den Zeigefinger und erklärte: „Ja, wegen der Allergie! Die Kinder haben doch heutzutage alle Allergie. Mein Henrik hatte die früher auch, Heuschnupfen, aber die Kinder heute, die haben viel mehr Allergien. Und da nehmen die Hersteller keine Rücksicht drauf. Darum hat der Henrik die Wolle rausgeholt und dieses weiße antiallergische Zeug reingefüllt. So ein Pulver. Find ich unglaublich, was der sich für Gedanken macht.“
„Find ich auch“, sagte Margit anerkennend. Die anderen sagten nichts. Sie schaufelten Stachelbeerkuchen in sich hinein.

STERN
ÜBER BETHLEHEM

17

Am nächsten Tag stand sie wie immer in ihren Frisörsalon, als zwei Polizisten in Uniform auftauchten und sie mit gedämpfter Stimme über den Tod ihres Mannes informierten. „Wie ist er gestorben?“, fragte Emma. Man teilte ihr mit, dass ein Einbrecher ihn offenbar erschlagen hatte. „Wir wissen noch nichts Genaues“, murmelte der Polizist und gab ihr die Nummer eines Seelsorgers.
Emma aber wusste Genaues. Der fingierte Einbruch war bis ins Detail geplant gewesen, die Hälfte des Geldes hatte sie bereits vor Monaten diskret an einem Spielplatz in einem fernen Stadtviertel übergeben. Kaum war die Polizei aus der Tür, traf auf ihrem geheimen Prepaid-Handy eine SMS ein.
Emma dachte: „Blöde Sternschnuppe! Wäre Holger wie gewünscht gegen einen Baum gefahren, dann hätte ich mir die zweite Rate für den Auftragsmord sparen können!“

Staubiger Christstollen, trübe Kerzen auf einem bereits vertrockneten Adventskranz, uraltes Räuchermännchen aus dem Erzgebirge, das Wolken von muffigem Weihrauch ausstieß. Es war ein Adventssonntag, der genauso öde war wie jeder andere Adventssonntag in Emmas trostloser Ehe.
„Wie lange geht das noch so?", dachte sie.
„Da!", schrie plötzlich Holger, ihr Mann. Er stand am Fenster und sah hinaus.
„Komm schnell!"
Emma trat zu ihm ans Fenster. Da war nichts außer dem verregneten Garten mit winterlichen Baumgerippen und den Nachbarhäusern mit grell blinkender Weihnachtsbeleuchtung. „Was?", fragte sie und guckte vergeblich in die Luft.
Holger stieß seinen Zeigefinger hektisch in die Luft. „Da, am Himmel!"
Sie sah zum Himmel. Da war nichts.
Holger fuchtelte mit dem Arm herum und stieß ihr dabei beinahe seinen Ellenbogen ins Gesicht. „Da war ein Leuchten. Wie der Stern von Bethlehem!"
„Ja klar", murmelte Emma. Und dann sah sie es auch. Ein Leuchten, das kurz aufglühte, einen Schweif hinter sich herzog. Die Sternschnuppe zerplatzte am dunklen Nachthimmel, eine winzige, aber strahlende Fontäne aus hellem Funkeln. Dann verglühte sie.
„Ist das der Stern von Bethlehem?", fragte Holger dümmlich.
Nein, es war ein Wunder. Eine Sternschnuppe im Dezember? Gab es das?
Emma kniff die Augen zusammen und wünschte. Sie wünschte mit aller Kraft, noch nie hatte sie sich etwas so sehr gewünscht.
„Und was hast du dir gewünscht?", fragte Holger.
Emma schüttelte den Kopf. „Das darf ich nicht sagen, sonst geht es nicht in Erfüllung!"
Und sie dachte: „Ich wünsche mir, dass du gegen einen Baum fährst, morgen, auf dem Weg zur Arbeit!"
An diesem Abend ging sie froher ins Bett als sonst.

DER GEMEINDEBASAR

18

„Und, besser?“, fragte Patricia mit schlecht unterdrücktem Stolz.
Die Mutter nickte zögernd und suchte dann das Weite.
Patricia nickte zufrieden ihren Muffins zu. „Perfekte Muffins“, flüsterte sie. „Wer hat die Servietten?“
Gina Müller apportierte folgsam ihre Servietten, aber ... „Das sind ja Streifen!“, rief Patricia. „Dies ist ein Adventsbasar! Da kann man sich doch wohl ein klein wenig Mühe geben, ist das denn zu viel verlangt ... Ich habe doch extra gesagt, Servietten mit Motiven! Also Nikoläuse oder Tannenbäume oder zumindest Sterne ... Alles muss ich alleine machen! Gut, dass ich vorsichtshalber einige Pakete eingepackt habe, ich dachte mir schon, dass ihr wieder nicht daran denkt. Und kann bitte jemand ein scharfes Messer holen, damit wir den Blechkuchen vorschneiden können? Nein, nicht dieses Messer, damit werden die Schnittkanten nicht schön. Und hat jemand die Zimtbowle umgerührt? Es ist doch nicht zu viel verlangt, dass der Basar einmal perfekt abläuft, oder? Ist denn genug Wechselgeld da? Sicher? Meistens fehlt es nachher am Wechselgeld. Kann bitte jemand ... Und was ist mit dem Blumenschmuck? Tannengrün und Ilex darf man doch nicht zusammen in eine Vase tun, sonst ...“ Sie verstummte, als sie eine Hand spürte, doch ehe sie reagieren konnte, wurde ihr Kopf in die Zimtbowle gedrückt.
„Endlich Ruhe“, murmelte Gina Müller. „Einfach perfekt!“
Der Basar war ein voller Erfolg. Alle genossen die weihnachtliche Dekoration und vor allem die friedliche Stimmung. Dass die Zimtbowle nicht serviert wurde, störte niemanden – ihr Geruch hing dennoch in der Luft ...

Was für ein perfekter klarer Wintertag! Genau richtig für den Gemeindebasar, freute sich Patricia. In der Nacht hatte es geregnet, und Luft und Himmel waren wie frisch gewaschen. Die Wintersonne strahlte durch die frisch geputzten Fenster auf die vielen Tische, die Patricia im Gemeindesaal aufgestellt hatte. Allein, natürlich, die anderen Mütter hatten wie immer ausgeschlafen und waren erst gegen sieben Uhr erschienen, als Patricia schon längst fertig war. Das machte nichts, sie war es gewohnt, dass alles an ihr hängen blieb.
Patricia beobachtete, wie die anderen Mütter emsig taten, vermutlich, um ihr spätes Aufstehen zu entschuldigen. Die Weihnachts-Cupcakes von Familie Mettermann waren leider unsauber verziert, und die Muffins daneben waren ... Patricia seufzte, als sie die Muffins betrachtete. Mit Schokobohnen! War es die Möglichkeit?
„Von wem stammen diese Muffins?", fragte sie streng.
Eine blasse Mutter mit grauem Wuschelhaar hob den Kopf. „Das sind meine", sagte sie. „Glutenfrei, wie es auf dem Zettel stand."
Patricia unterdrückte ein Stöhnen. „Ja, aber die Deko!"
Die Mutter sah sie irritiert an. „In den Schokobohnen ist kein Gluten!", verteidigte sie sich. „Ich hab extra nachgeguckt."
Patricia schüttelte in sprachlosem Entsetzen den Kopf. War es denn die Möglichkeit?
„Kratzt die Schokobohnen ab!", rief sie laut. „Das können wir doch so nicht verkaufen! Wie sieht das denn aus, Schokobohnen beim Adventsbasar? Hier, macht die Zuckertännchen drauf, das sieht viel netter aus. Oh, seht ihr, so ist es perfekt. Ja, mit diesen Tannenbäumen ..." Zum Glück hatte sie vorgesorgt. Wie immer befanden sich in ihrem Korb ausreichend Glasur, Streudekor und anderer Kram, um das mangelnde Mitdenken der anderen Mütter auszugleichen.
Die blasse Mutter guckte verstört auf die von Patricia verschönerten Muffins, als könnten die jederzeit zubeißen.

PARKPLATZSUCHE

19

Der schwarze BMW hinter ihm freute sich schon, der grinste über alle Scheinwerfer, weil er Christian übertölpelt hatte. Aber so nicht! Christian lachte böse auf, legte den Rückwärtsgang ein und schoss überraschend nach hinten. Ha! Dummerweise erwischte er ihn nur am Kotflügel, als der mit siegessicherem Blinken seinen Parkplatz zu besetzen versuchte.
Was waren die Leute so aggressiv, ausgerechnet vor Weihnachten? Der schwarze BMW bremste scharf ab und blieb schief in der Parkbucht stehen. Die Tür öffnete sich, und eine dunkelhaarige Frau mit wutverzerrtem Gesicht stieg aus. Ihr Arm schoss hoch, und sie reckte Christian den Mittelfinger entgegen. Er kurbelte das Fenster herunter. „Ey, es ist Weihnachten, Lady! Zu viel Glühwein getrunken oder was? Das war mein Parkplatz!" Statt sich verbal zu diesem berechtigten Vorwurf zu äußern, schlug die Frau Christian mit der Faust auf die Heckklappe. Na, warte!
„Wie kann man nur so aggressiv sein?", murmelte Christian.
Und gab Gas.

Der Verkehr heute war mörderisch. Die Parkplatzsuche auch. Mörderisch! Da könnte man glatt durchdrehen, obwohl der grüne Dufttannenbaum, der an Christians Rückspiegel baumelte, betörend nach Lebkuchen duftete und schon einen Vorgeschmack auf das Fest des Friedens und der Liebe bot.

Das Radio dudelte zum hunderttausendsten Mal „All I want for Christmas", und das nervte Christian wahnsinnig. Er fluchte leise und schlug unwillkürlich aufs Lenkrad, sodass es laut hupte. Und weil das so guttat, schlug er gleich noch mal zu. HUUUP!

Der gelbe Fiat links hupte erschreckt zurück. Der Idiot! Vorweihnachtsverkehr am letzten Samstag vor Heiligabend, und der hupte einfach so herum! Typisch Fiat! „Fehler in allen Teilen", knurrte Christian. Der schwarze BMW hinter ihm musste auch noch seinen Senf dazugeben und hupte ebenfalls, dabei konnte der gar nicht mitreden, denn anders als die anderen Wagen, die seit Ewigkeiten ihre Runden zogen, war er erst vor einer Minute dazugestoßen. „Bayrischer Mist-Wagen", murmelte Christian.

Er befand sich auf dem Parkplatz des Einkaufscenters, genauer gesagt kurvte er seit 20 Minuten hier herum, weil er, ja, was wohl? Er hupte gleich noch einmal. Weil er einen Parkplatz suchte! Und er fand keinen. Und warum fand er keinen? Weil alle Idioten der Stadt und vermutlich vor allem der umliegenden Provinzen ausgerechnet heute meinten, ihre Vorbereitungen und Geschenkesuche hier veranstalten zu müssen. Und das mit dem Auto!

Die Leute waren unfassbar dämlich. Es war der letzte Adventssamstag! Da wusste man doch, dass es voll werden würde! Konnten die nicht mit der Bahn kommen? Oder unter der Woche ihre Geschenke kaufen? Oder sie im Internet bestellen?

Rechts hinter ihm tat sich etwas. Aus den Augenwinkeln sah Christian, wie ein silbergrauer SUV sich rückwärts aus dem Parkplatz bewegte. Genau hinter ihm! Hätte der nicht noch etwas warten können?

ALTE LIEBE
(ROSTET NICHT)

HERZENSWUNSCH FÜR GISELA

Dass Valentin seine große Liebe an diesem Adventssonntag wiedersehen würde, hätte er nicht gedacht. Und erst recht nicht, dass es zu solchen Bedingungen geschehen würde.
Simone war seine ganz große Liebe gewesen. War das lange her! Zehn Jahre? Ja, zehn. Ach, was hatte er sie verehrt! Aber Simone war echt anspruchsvoll gewesen. Zu anspruchsvoll für Valentin.
Er erinnerte sich genau. Darum war die Sache auch auseinandergegangen. Immer und ewig hatte sie an ihm herumkritisiert, an allem, was er sagte, hatte sie etwas auszusetzen, ebenso an seiner Frisur, seinen Klamotten, seinem Auto und vor allem an seinem Beruf. Er hatte versucht, es ihr so recht wie möglich zu machen, aber ihm war schon klar gewesen, dass es nicht gut gehen würde. Dass er sie, selbst wenn er diesem Druck standhielt, unweigerlich eines Tages bitter enttäuschen würde.
An einer Weihnachtskarte hatte sich das Ganze entzündet, das wusste er noch. Ausgerechnet!
Ein wunderschönes Gedicht hatte er geschrieben – selbst gedichtet … Und er hatte sich solche Mühe gegeben, die richtige Karte dafür auszusuchen. Es war eine Karte aus Büttenpapier gewesen, mit einem Baum – oder doch nicht? Er war sich nicht sicher. Ach, es war ja auch egal, kein normaler Mensch machte sich so viele Gedanken um eine Weihnachtskarte. Kein Mensch – außer Simone.
Valentin seufzte erneut. Irgendwie hatte er gerade das gemocht an ihr. Dass sie so anspruchsvoll war. Es hatte ihm das Gefühl gegeben, dass er etwas Besonderes war, wenn er diese kapriziöse Frau für sich gewinnen konnte. Und er hatte sie ja auch gewonnen. Zumindest so lang, bis er diese wunderschöne Weihnachtskarte mit seiner Sauklaue verschandelt hatte.
Sie waren nicht wirklich als Feinde voneinander geschieden, sie hatten sich seitdem einfach nicht mehr gesehen.
Bis heute. Ausgerechnet jetzt, am letzten Adventssonntag! Als der Anruf gekommen war, hatte er nicht geahnt, dass Simone dahintersteckte.

Es war sein Job gewesen, selbst heute, an einem Adventssonntag, rauszufahren, um zu tun, was zu tun war. Und da stand er dann und sah sie. Ausgerechnet sie! Ein Wiedersehen nach so vielen Jahren ... Wie oft hatte er daran gedacht und sich das ausgemalt.
Und jetzt lag sie vor ihm, beinahe so schön wie damals, aber leider tot!
Ach, Simone!
Valentin zog sich die Einweghandschuhe aus. Wie schön, dass er jetzt wiedergutmachen konnte, was er damals versäumt hatte! Besonders sorgfältig setzte er den Stift auf das Papier und schrieb, was zu schreiben war. Handschriftlich! In allerschönster Schnörkelschrift, jeder Buchstabe mit derselben Präzision, er achtete auf die Ober- und Unterlängen und den exakten Abstand.
Fertig. Selbst Simone höchstpersönlich wäre von dieser Karte begeistert. Es sah toll aus!
„Nur schade, dass du tot bist, meine Süße!“, flüsterte er und lächelte zufrieden. Dann zupfte er seinen weißen Kittel zurecht, heftete ihr den Zettel an den totenbleichen Zeh und schob Simone ins Kühlfach.

20

KONSTANTIN
ALLEIN ZU HAUS

Bescherung mit der Großfamilie war nicht leicht, fand Gisela. Sicher, sie bereitete sich immer akribisch vor, sie machte lange Listen, auf denen sie alle Namen eintrug. Da standen Herbert, ihr Mann, ihre Söhne, die beiden Schwiegertöchter und auch die verwitwete Tante Ingeborg, und hinter jeden Namen schrieb sie drei Geschenke.
Sie überlegte sich immer etwas, wovon sie wusste, dass der Beschenkte sich sehr freuen würde, und dazu noch ein passendes Buch und eine lustige Kleinigkeit.
Gisela war eine gute Schenkerin. Das Schenken war nicht der Grund, warum sie die Bescherung fürchtete. Schlimm war, dass dann alle Familienmitglieder sahen, was sie von Herbert bekam. Das war so peinlich! Letztes Jahr war es ein Hemdenaufsatz fürs Bügelbrett gewesen, und als sie vor Scham rot geworden war und ihre Schwiegertöchter ihr mitleidig die Hände auf den Rücken gelegt hatten, hatte Herbert hinterhergesetzt: „Ich weiß, du hast schon einen, aber irgendwie gelingen die Kragen dir nicht mehr so richtig. Und daran ist sicher der Hemdenaufsatz schuld und nicht du, hab ich recht?“
Gisela hoffte von Herzen, dass es dieses Jahr nicht zu einer ähnlichen Peinlichkeit kommen würde. Ängstlich huschten ihre Blicke über den Berg Geschenke unter dem Weihnachtsbaum, der im Laufe des Abends kleiner wurde und schmolz, und dann lag da nichts mehr, gar nichts, das konnte doch wohl nur bedeuten, dass –
„Oh!“, rief Herbert überrascht. „Oh, das tut mir leid – hab ich dich tatsächlich vergessen?“
Gisela schüttelte heftig den Kopf. „Das macht nichts, Herbert, das macht wirklich nichts.“ Nein, es machte wirklich nichts, denn sie erwartete inzwischen gar nichts mehr von ihm, alles war besser als ein Hemdenaufsatz, fand sie.
Herbert nickte zufrieden. „Dann ist ja gut. Manchen Ehefrauen macht das ja etwas aus, aber du bist zum Glück nicht so.“ Plötzlich fiel ihm etwas ein. „Weißt du, was? Dieses Jahr bekommst du etwas ganz Tolles. Deinen Herzenswunsch.“

„Oh!“, rief die eine Schwiegertochter beeindruckt.
Gisela war irritiert. „Mein Herzenswunsch?“ Heimlich fragte sie sich, woher er den wohl kennen sollte.
Herbert nickte stolz. „Keine Widerrede, meine Liebe! Du überlegst einfach, was du dir wirklich wünschst, und ich zahle. Heb es einfach ab. Geld spielt keine Rolle!“
„Das ist – sehr großzügig“, murmelte Gisela.
Und überlegte, ob sie es nicht einfach tun würde. Denn er war da, ihr Herzenswunsch, seit vielen Jahren schon. Alles, was sie brauchte, war ein schönes scharfes Messerset ... Und einige reißfeste Müllbeutel ... Und natürlich viele Putzmittel, Bleiche, zum Beispiel, um die Spuren zu verwischen ...
Wäre das nicht herrlich?
„Ich danke dir von Herzen, Liebster!“, flüsterte Gisela und hauchte ihm unter dem Applaus der Schwiegertöchter einen Kuss auf die Wange. „Ich glaube, es wird gar nicht so teuer!“

21

22

„Na ja, es wäre ja schade, wenn wieder jemand die Treppe herunterstürzen und sich das Genick brechen würde."
Fräulein Bräunlein schüttelte den Kopf. „Jeder ist seines Glückes Schmied", sagte sie. „Dann müssen die wohl aufpassen."
Konstantin seufzte. Er bemerkte sehr wohl, dass seine Verwandten hinter dem tapferen Lächeln ihre Angst überspielten, dass sie sich krampfhaft am Treppengeländer festhielten, misstrauisch an Getränken nippten und immer nur vorsichtig winzige Bissen probierten.
„Manchmal frage ich mich, warum die alle trotzdem kommen!", dachte Konstantin, aber er wusste es: Niemand wollte sich die Chance auf ein Erbe entgehen lassen. Und so kamen sie immer wieder, und jedes Mal war es nach Weihnachten einer weniger. Na ja, statistisch gesehen eher zwei oder drei. Sie tranken alle möglichen und unmöglichen giftigen Substanzen, aßen zielsicher das, wogegen sie allergisch waren, und die, die aus lauter Angst weder aßen noch tranken, strangulierten sich mit Gardinenschnüren, stürzten aus Fenstern oder es fiel ihnen etwas auf den Kopf. Es gab nichts, was es nicht gab, wie Konstantin mit Erstaunen feststellte – und auch mit Bedauern, schließlich waren es alles seine Verwandten.
„Also, wenn eines Tages keiner von der Sippe mehr übrig ist, dann müssen Sie den ganzen Zaster und den alten Kasten übernehmen, Fräulein Bräunlein", sagte er und nippte an seinem Sherry.
Sie nickte. „Ich weiß, das sagen Sie immer", sagte sie.
Und sie lächelte.

Konstantin nickte zufrieden. Er saß in seinem Ohrensessel vor dem Fernseher und wartete darauf, dass „Der kleine Lord“ begann. „Ich hätte jetzt schrecklich gern einen Sherry“, rief er in den Raum hinter sich. Es war ein großer Raum, die Bibliothek nämlich, hohe dunkle Regale zogen sich bis hoch zur ehrwürdigen geschnitzten Decke. Konstantin benutzte diesen Raum anders als seine Vorfahren überwiegend zum Fernsehen. Das war okay, fand er.

Fräulein Bräunlein eilte herbei und stellte ihm ein gut gefülltes Sherryglas auf den Couchtisch. „Donnerwetter“, rief Konstantin, „wie schnell Sie das wieder ...“

„Das mit dem Sherry sagen Sie immer, wenn „Der kleine Lord“ beginnt!“, antwortete Fräulein Bräunlein. „Nur noch ganz kurz wegen Heiligabend. Zur Vorspeise machen wir Lachsröllchen, die gehen schnell und ich kann sie gut vorbereiten. Ist das in Ordnung?“

Konstantin nickte „Aber nicht, dass jemand allergisch auf Lachs ist, wir wollen keine Leichen an Heiligabend!“, mahnte er.

„Das sagen Sie auch immer“, lächelte Fräulein Bräunlein. „Aber es gelingt uns nie, nicht wahr?“

Fräulein Bräunlein war die Haushälterin, Köchin und Managerin, und Konstantin wusste gar nicht, was er ohne sie anfangen würde. Sie regelte einfach alles. Das war zu Weihnachten besonders wichtig, denn da kamen seine Verwandten in Scharen in die große Villa, um ihm ihre selbst gemachten Topflappen, Marmeladen und Napfkuchen zu bringen und zu versichern, dass er jedermanns Lieblingsonkel war. Und Lieblingsgroßonkel. Und Lieblingsschwager. Konstantin war sehr gerührt, dass sie sich alle so liebevoll um ihn kümmerten, ihn, den kinderlosen alten Herrn.

Doch die Unfallrate in seinem Haus war leider sehr hoch.

„Vielleicht bohnern Sie die Treppe diesmal besser nicht?“, fragte Konstantin und starrte auf den Fernseher, wo der Film begann.

„Warum?“, fragte Fräulein Bräunlein etwas schnippisch.

BESCHERUNG ALTER SCHACHTELN

23

„Ich dachte, äh, ich schenk dir mal was anderes", rief Helmut geistesgegenwärtig aus.
„Aber meinst du denn, das passt mir?" Annemarie presste das schmal geschnittene Teil an ihre Leibesfülle, als würde dadurch das heiße Fetzchen weiter oder aber sie selbst dünner, was beides nicht der Fall war.
„Etwa nicht?", fragte Helmut scheinheilig. Mist, Fräulein Ferlach musste die Geschenke verwechselt haben! Das hier war ganz eindeutig das Geschenk für Monika, die Neue aus der Personalabteilung. Wie peinlich!
Annemarie steckte die Nase in die Schachtel und fand jetzt auch noch den winzigen, mit Swarowski-Kristallen bestickten Spitzenstring.
Der Anblick war ihm geradezu peinlich.
„Doch, Liebling, ich freue mich sehr, aber …" Sie seufzte. „Ich bin nicht sicher, ob das wirklich das Richtige für mich ist."
Das hier war ganz eindeutig nicht das Richtige für Annemarie, das sah ein Blinder. Annemarie sah erneut in die Schachtel und ihr Gesicht verfärbte sich rosa. Warum? Mist, dachte Helmut. Hatte Fräulein Ferlach dem Karton wie sonst eine Karte beigelegt? Und wenn ja, war sie für Annemarie oder für Monika? Er versuchte, ihr den Karton zu entreißen, doch sie hielt fest.
„Wenn es dir nicht gefällt, kann ich gern –", setzte er an, und dann sah er ihren Blick.
„Ich glaube, ein Seidenschal gefällt mir besser als ein Stringtanga", sagte sie, und dann hielt sie das fuchsiafarbene Ungetüm von letztem Jahr in der Hand, schlang es um seinen Hals und zog fest zu.
„Mit einem Spitzentanga kann man das hier nicht machen!"

Das wäre doch wirklich nicht nötig gewesen!", hauchte Annemarie, als Helmut ihr die große rosa Schachtel überreichte.
Nach 35 Jahren Ehe konnte man in der Tat darüber streiten, ob Weihnachtsgeschenke nötig waren, fand Helmut, aber es war natürlich nicht sehr schlau, das zu sagen. Also murmelte er: „Passt schon."
Annemarie machte Kuhaugen, während sie an der Schleife zupfte, als wagte sie nicht, das Geschenk zu öffnen. Dabei wusste sie ebenso gut wie er, dass auch dieses Jahr wieder ein Halstuch darin liegen würde. Vergangenes Jahr war es ein fuchsiafarbener Seidenschal gewesen, den sie jetzt trug. Es war Annemaries Tradition geworden, sich am Weihnachtsabend das Vorjahresgeschenk umzubinden. Im Jahr davor war es ein Tuch in verschiedenen Grüntönen gewesen. Was mochte sich wohl dieses Jahr in der Schachtel verbergen?
Helmut wusste es nicht. Denn wie jedes Jahr hatte seine Geschenke Fräulein Ferlach besorgt, seine Sekretärin.
Helmut war ein vielbeschäftigter Mann, und wenn er für eins wirklich kein Interesse und auch keine Begabung hatte, dann waren es Frauengeschenke. Wie gut, dass er Fräulein Ferlach hatte! Sie würde auch dieses Jahr wieder …
Plötzlich fiel Helmut auf, dass etwas nicht so war wie in den anderen Jahren. Es fehlten die spitzen Entzückensschreie, die Annemarie sonst beim Auspacken ausstieß und die ihn so nervten. Er sah zu ihr und wunderte sich über das, was er sah.
Denn sie zog keineswegs mit demselben strahlenden Gesicht wie sonst einen Seidenschal aus der Schachtel, sondern starrte ungläubig in die offene Schachtel, stutzte und sah ihn dann mit offenem Mund an.
Und Helmut stutzte auch, denn was Annemarie da aus der Schachtel zog, war kein Halstuch. Es war Spitze, sündige Spitze in weihnachtlichem Rot.
„Helmut", hauchte Annemarie und wurde fast so rot wie der BH, den sie jetzt ungläubig in die Höhe hielt.

BESCHERUNGSANGST

24

nicht der Name der falschen. „Na los, pack aus!“, rief Evi und klatschte begeistert in die Hände.

Er nahm allen Mut zusammen und zog die Tasse heraus. Im ersten Moment fühlte er Erleichterung. DANIEL stand auf der Tasse. Das Geschenk war wirklich okay. „Danke, Evi“, sagte er und merkte, was für eine Last von ihm fiel.

„Ich habe sie schon im April gekauft, auf dem Wühltisch im Drogeriemarkt! Und ich dachte mir, sie passt doch perfekt.“

Er hob die Tasse in die Höhe, und dann sah er es. Das A am Ende seines Namens.

„Da steht DANIELA“, sagte er.

Evi schüttelte den Kopf. „An der Stelle, wo das A ist, hast du ja eh die Hand, wenn du trinkst“, versicherte sie.

Er starrte auf die Tasse. „Nein“, sagte er. „Habe ich nicht.“

„Doch!“ Sie riss ihm die Tasse aus der Hand, verknotete ihre Finger und reckte die Tasse in die Luft, sodass das A verborgen wurde. „Siehst du?“

„Niemand kann so aus einer Tasse trinken. Ich halte meine Tasse anders.“

Jetzt wurde Evi ärgerlich. „Dann hältst du die Tasse eben mal anders, als du es gewohnt bist!“, sagte sie beleidigt. „Ich habe mir so viel Mühe gegeben.“

„Mit der Verpackung, ja“, sagte er.

Er liebte Evi, er liebte sie wirklich. Aber vielleicht war langsam Zeit, sie zu verpacken.

In Plastikfolie und viel feste Schnur. Wie man das Ganze dann noch effektvoll dekorierte – das hatte er dank Evi ja gelernt …

Wie immer, wenn die Bescherung nahte, hatte Daniel Angst, nackte, eiskalte Angst. Seit Jahren ging das so. Seit er mit Evi zusammen war. Nein, seit sie ihm das erste Mal etwas geschenkt hatte. Egal, ob Geburtstag oder Weihnachten, er konnte schon Tage vorher nicht schlafen vor lauter Bescherungsangst. Und das war berechtigt. Denn Evi war eine sehr spezielle Schenkerin. Nicht nur, dass sie geizig war. Also, das war sie auch – ihre Geschenke waren ein Schlag ins Gesicht. Und die aufwendige Verpackung darum war geradezu beleidigend. Daniel hatte versucht, dieses Problem konstruktiv zu lösen. Er hatte sie dezent darauf hingewiesen, was er an ihren Geschenken nicht mochte, was ihn verletzte. Dass es Geschenke waren, die er beim Schrottwichteln lustig finden, aber nie als echtes Geschenk akzeptieren würde. Dass er weder einen Plastikkugelschreiber mochte, noch ein Duftöl für ein Sternzeichen, welches nicht seins war. Und dass die Menge an Geschenkpapier, Schleife und Deko die Demütigung erst komplett machte. Sie verstand es nicht. Sie fand sich aufmerksam und sparsam.
Und jetzt war es wieder so weit.
Die Kerzen am Baum brannten, sie stand vor ihm und strahlte ihn an. Als sie ihm das Geschenk in die Hand gedrückt hatte, hatte er kurz überlegt, ob er es nicht einfach aus dem Fenster werfen konnte, ehe es zum Äußersten kam, aber dann war er eingeknickt.
Das Geschenk war groß, wie immer.
Er zog voller schlimmer Befürchtungen an der riesigen roten Schleife, und das goldene Krepppapier gab den Blick auf eine Dose frei, die Evi mit Glitzerschnee eingesprüht hatte. Bei dem Versuch, sie zu öffnen, bekam er Glitzerschnee an die Finger, aber tapfer hielt er durch. Im Innern der Dose befand sich eine Menge Watte. „Schnee!“, strahlte Evi. Er nickte ergeben und nahm folgsam Wattebausch um Wattebausch heraus, bis er den Rand einer Tasse erspähte.
Eine Tasse war nicht so schlimm. Daniel schickte ein Stoßgebet zum Himmel, dass sich nicht der Name einer Partei darauf befand, vor allem

Wintersalat mit Parmesanflocken

Für 4 Personen

150 g Feldsalat · 1 Chicorée · 1 kleiner Radicchio · 1 Granatapfel · 1 Orange
80 g Parmesan · 4 EL Honig · 2 EL Senf · 2 EL Granatapfelsaft
Saft von ½ Limette · 8 EL Olivenöl · Zimt · Chilipulver · Salz · Pfeffer

Feldsalat waschen, trocken schleudern und verlesen. Chicorée und Radicchio putzen und in feine Streifen schneiden. Granatapfel öffnen (Krone abschneiden, Schale ringsum fünfmal einschneiden und die Frucht vorsichtig auseinanderbrechen) und die Kerne auslesen. Orange schälen und filetieren.
Den Parmesan reiben.

Für das Dressing Honig, Senf, Granatapfelsaft, Limettensaft, Olivenöl, Zimt, Chili, Salz und Pfeffer sehr gründlich mischen oder mit dem Pürierstab mixen.

Marias heilige Hackbällchen mit Gewürzen aus dem Morgenland

Für ca. 30 Stück

Zwiebeln · 500 g Mett · 250 g gemischtes Hackfleisch · 250 g Rinderhack
3 mittelgroße Eier · etwas Paniermehl · Salz · Pfeffer · 2 TL Currypulver
150 g Rosinen · 150 g Korinthen · Butter

So wird's gemacht:

Die Zwiebeln würfeln, in Butter glasig schwitzen. Das Gehackte vermengen, Eier und Paniermehr dazu, salzen, pfeffern und mit Curry vermengen. Dann Zwiebeln, Rosinen und Korinthen gut untermischen. Masse etwas ruhen lassen.

Herd auf 200 Grad vorheizen (Ober- und Unterhitze). Blech mit Backpapier auslegen. Aus dem Teig kleine Bällchen formen und auf dem Blech verteilen. Zunächst 15-20 min garen, dann wenden und noch einmal 10 min garen (je nach gewünschtem Bräunungsgrad).

Können auch gut eingefroren werden!

Mörderisch guter Krustenbraten mit Kartoffeln

Für 6 Personen

5 Möhren · 6 Knoblauchzehen · 4 Zwiebeln · ¼ Knolle Sellerie · 1 Stange Lauch
3 Zweige Rosmarin · einige Lorbeerblätter · Salz · Pfeffer · 2 EL Öl
2 kg Schweinebraten (mit Schwarte) · 500 ml Gemüsebrühe
1 kg festkochende Kartoffeln · 100 ml Sahne · 2 EL Mehl

Den Ofen auf 175 °C Umluft vorheizen. Möhren, Knoblauch, Zwiebeln und Sellerie schälen, putzen und in grobe Stücke schneiden. Lauch putzen, vom dunklen Grün befreien, gut waschen und in grobe Ringe schneiden. Rosmarin abbrausen, trocken tupfen und Nadeln abzupfen. Zusammen mit dem Gemüse und den Lorbeerblättern in einer Fettpfanne verteilen, mit Salz und Pfeffer würzen und mit etwas Öl beträufeln.

Fleisch abspülen und trocken tupfen. Die Schwarte mit einem scharfen Messer rautenförmig einritzen, den Braten mit Salz und Pfeffer einreiben und zwischen das Gemüse in die Fettpfanne setzen. Im heißen Ofen ca. 1 ¾ Std. braten, nach ca. 1 Std. den Braten mit der Gemüsebrühe ablöschen.

Die Kartoffeln waschen, schälen und zugedeckt in Salzwasser ca. 20 Min. kochen. Die Ofentemperatur erhöhen (Umluft: 200 °C) und das Fleisch in weiteren 20 Min. knusprig braten. Das Fleisch herausnehmen, das Gemüse mit dem Bratensaft in ein Sieb geben und dabei die Flüssigkeit in einem Topf auffangen. Den Braten im Ofen warm halten.

Die Soße erneut erhitzen, mit Sahne verfeinern und abschmecken. Mehl mit etwas kaltem Wasser verrühren und die Soße damit binden. Den Braten aufschneiden und zusammen mit Kartoffeln und Soße anrichten.

Omas feiner Quarkstollen

Für 1 Stollen

250 g Quark · 200 g Rosinen · Mehl zum Bestäuben · 50 g Orangeat
100 g Zitronat · 500 g Mehl · 1 Pck. Backpulver · 200 g Zucker
Abrieb von 1 Bio-Zitrone · 2 Eier · 2 EL Rum · 400 g Butter
150 g Mandelstifte · Puderzucker zum Bestäuben

Backofen auf 180 °C vorheizen und ein Backblech mit Backpapier auslegen. Den Quark abtropfen lassen, Rosinen mit Mehl bestäuben. Orangeat und Zitronat fein würfeln. Das Mehl mit dem Backpulver auf die Arbeitsfläche sieben und eine Mulde eindrücken. In die Mulde Zucker, Zitronenschale, Eier und Rum geben und verrühren.

200 g von der Butter in Stückchen hinzugeben, dann Quark, Rosinen, Mandelstifte sowie Orangeat und Zitronat einarbeiten. Alles zu einem glatten Teig verkneten.

Einen Stollen formen und auf das Backblech legen. In 1–1¼ Std. fertig backen (Stäbchenprobe machen). Kurz vor Ende der Backzeit die restliche Butter in einem Topf zerlassen. Stollen aus dem Ofen nehmen, mit der heißen Butter übergießen und mit dem Puderzucker bestäuben.

Festliche Maronencreme mit Vanille

Für 4 Portionen

1 Vanilleschote · 500 ml Milch · 50 g Zucker
300 g vorgegarte Maronen · 50 g Zartbitterschokolade

Die Vanilleschote längs aufschneiden, das Mark herauskratzen. Beides mit Milch und Zucker in einen kleinen Topf geben und kurz aufkochen. Die Maronen zufügen und bei mittlerer Hitze in 20 Min. weich kochen. Die Vanilleschote entfernen und die Maronenmasse fein pürieren. Die Zartbitterschokolade grob hacken und in der Maronenmasse schmelzen. Anschließend abgedeckt mind. 1 Std. kalt stellen.

Familie Mettermanns Weihnachts-Cupcakes

Für 1 Mini-Cupcake-Blech (36 Vertiefungen)

Für den Teig:
400 g Rosinen · 240 g gehackte kandierte Cranberrys · 120 ml Rum
125 g zimmerwarme Butter · 110 g brauner Zucker · 1 EL Orangenmarmelade
1 EL Honig · Abrieb von ½ Bio-Zitrone · 2 Eier · 180 g Mehl · je ½ TL Zimt
Ingwer · Lebkuchengewürz

Für das Frosting:
1 Eiweiß · 250 g Puderzucker · 3 TL Zitronensaft

Außerdem:
Butter für die Form
nach Belieben goldene Zuckerperlen zum Dekorieren

Am Vortag die Rosinen und Cranberrys in eine Schüssel geben und mit dem Rum übergießen. Über Nacht zugedeckt ziehen lassen.

Am nächsten Tag den Backofen auf 150 °C vorheizen. Das Cupcake-Blech gut einfetten. In einer Schüssel Butter und Zucker cremig rühren. Orangenmarmelade, Honig und Zitronenabrieb untermischen. Nacheinander die Eier zugeben und dabei ständig weiterrühren. Dann abwechselnd die eingelegten Trockenfrüchte, das Mehl und die Gewürze einarbeiten.

Den Teig bis zum Rand auf die Vertiefungen verteilen, anschließend glatt streichen. Das Blech in den vorgeheizten Ofen geben und die Cupcakes ca. 35 Min. backen. Herausnehmen, abkühlen lassen, auf ein Kuchengitter stürzen und anschließend wieder umdrehen.

Für das Frosting das Eiweiß leicht aufschlagen. Langsam den gesiebten Puderzucker zufügen und beides zu einer glatten Masse verrühren. Vorsichtig so viel Zitronensaft einrühren, dass die Mischung etwas flüssiger wird. Jeden Cupcake mit Frosting bestreichen, sodass dieser gleichmäßig an den Seiten herunterläuft. Nach Belieben mit goldenen Zuckerperlen dekorieren.

Feuerzangenbowle

2 Bio-Orangen · 1 Bio-Zitrone · 2 l Rotwein · 3 Sternanis · 3 Nelken
2 Wacholderbeeren · 2 Stangen Zimt · 1 Zuckerhut · 350 ml Rum

Außerdem:
Feuerzange · Punschtopf · Rechaud

Orangen und Zitrone waschen und in Scheiben schneiden. Mit dem Wein und den Gewürzen in einem großen Topf bei mittlerer Hitze erwärmen und ziehen lassen. Dabei darf die Weinmischung nicht kochen. Anschließend in einen Punschtopf umfüllen und auf ein Rechaud stellen.

Die Feuerzange mit Zuckerhut über den Topf legen. Den Zuckerhut mit Rum beträufeln und mit ausreichendem Abstand anzünden – Vorsicht, dabei kann eine Stichflamme entstehen!

Wenn der Rum fast verbrannt ist, den restlichen mit einer Kelle über den brennenden Zuckerhut laufen lassen. Nie mit der Rumflasche direkt an die offene Flamme gehen!

Die Feuerzangenbowle in Punschgläsern servieren.